Vickers
Das Buch der schrägen Vögel

NOA H

V. C. Vickers

Das Buch der schrägen Vögel

(Originaltitel: The Google Book)

Englisch / Deutsch

Mit 44 Abbildungen

Übersetzung und Nachwort von Harald Beck

RECLAM

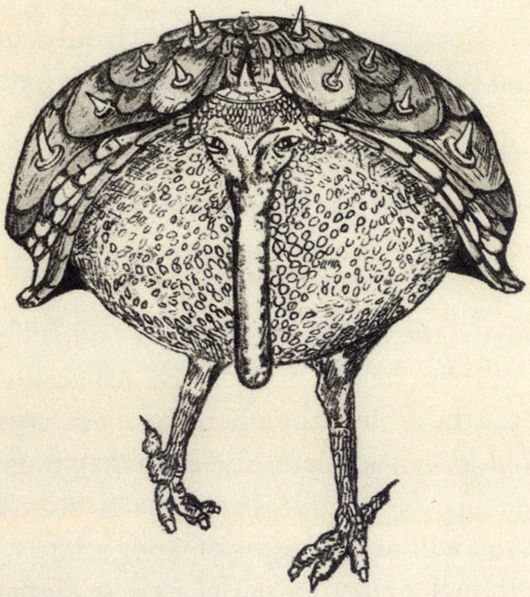

The Google Book

Far! Far! away, the Google lives, in a land which only children can go to. It is a wonderful land full of funny flowers, and birds, and hills of pure white heather.

The Google has a beautiful garden which is guarded night and day. All through the day he sleeps in a pool of water in the centre of the garden; but when the night comes, he slowly crawls out of the pool and silently prowls around for food.

All the birds try to avoid the Google, because they don't like him and he frightens them; but some of them he can never catch, especially those with the red beaks. You can never see these birds anywhere except in Google land which is far far away, and only children can go there; and even they must be nearly – but not quite – asleep.

Now in this book you will find pictures of Google birds; some, though ugly, are very nice; others, though pretty, are very nasty. So, perhaps, really the pretty ones are ugly and the ugly ones pretty!

Who can tell?

Das Google-Buch

Weit, weit weg von hier lebt der Google, in einem Land, in das nur Kinder kommen können. Es ist ein wunderbares Land voll merkwürdiger Blumen und Vögel und voll Hügeln von rein weißer Heide.

Der Google hat einen prächtigen Garten, der Tag und Nacht bewacht wird. Er schläft den ganzen Tag in einem Wasserbecken in der Mitte des Gartens; doch wenn es Nacht wird, kriecht er langsam aus dem Becken und begibt sich lautlos auf Futterjagd.

Alle Vögel versuchen, dem Google aus dem Weg zu gehen, weil sie ihn nicht mögen und weil sie Angst vor ihm haben; aber einige von ihnen kriegt er nie zu fassen, besonders die mit rotem Schnabel. Du kriegst diese Vögel nie zu sehen, außer im Google-Land, das weit, weit weg ist, und nur Kinder können dorthin kommen; und selbst die müssen schon beinah – aber noch nicht ganz – schlafen.

In diesem Buch nun wirst du Bilder von Google-Vögeln finden; manche sind zwar hässlich, aber sehr nett; andere sind zwar schön, aber verhalten sich hässlich. Vielleicht sind also die schönen hässlich und die hässlichen schön!

Wer weiß?

The Google's Garden

Now on the facing page you see
The Google's garden (looking East);
The animal, that sits on guard,
Is quite a harmless little beast.
Please note the "Pleecemen Birds" as well
On either side stand sentinel.

Des Googles Garten

Hier gegenüber ist zu sehn
Des Googles Garten (Blick gen Morgen);
Das Aufsichtstier, das in der Mitte sitzt,
Ist harmlos und macht keinem Sorgen.
Gib auch auf die »Polente-Vögel« Acht,
Die beidseits halten strenge Wacht.

The Blue Billed Ork

This excessively conceited bird spends all his time looking for starfish, jellyfish, and crabs, and when he sees one near him he just loosens his neck and lets his beak drop.

You can't see any starfish or crabs in the picture because he isn't hungry just now.

O! little crab, O! little crab,
Be careful where you walk,
Or you may find yourself inside
The Tummy of the Ork!

Der Blauschnäblige Ork

Dieser überaus eingebildete Vogel verbringt seine Tage mit der Suche nach Seesternen, Quallen und Krabben, und wenn er etwas in der Nähe sieht, klinkt er seinen Hals aus und lässt seinen Schnabel niedersausen.

Du kannst auf dem Bild keine Seesterne oder Krabben sehen, weil er gerade nicht hungrig ist.

O kleine Krabb', o kleine Krabb',
Darfst nicht zu ihm dich wagen,
Sonst find'st du dich schwippschwapp
In eines Orkes Magen!

The Paddle-foot

The Paddle-foot is always seen
Accompanying his wife,
And what with spiders, fat or lean,
Leads quite a happy life.

But when the nesting season comes
Their feathers all turn green,
And they become self conscious
And are very rarely seen.

Der Paddelfuß

Den Paddelfuß, den sieht man immer
An seiner Gattin kleben,
Den Spinnen Dank, mal dick, mal dünner,
Führt er ein glücklich's Leben.

Doch wenn die Nistzeit kommt heran,
Färbt grün sich ihr Gefieder,
Sie werden ganz verlegen dann,
Man sieht sie selten wieder.

The Wilyou or Pagoda bird

Now if you said
When you're in bed,
"Ah Wilyou,"
"Will you sing?"
He would reply
"Ononoti,"
And quickly take to wing.

Der Wirsdu oder Pagoden-Vogel

Wenn du nun sagst,
In deinem Bett,
»Ach Wirsdu,
Wirst du singen?«
So kommt's retour
»Ochichdochnicht«,
Und flugs hebt er die Schwingen.

Great Skull-headed Stone Trot

With ponderous tread he walks for miles
And miles amongst the stones,
Searching along the sandy shore
For fossils shells and bones.

And when the wind is moaning
And the night is very dark,
If you listen at the window
You can sometimes hear him, – Hark!

Großer Totenschädeliger Steintrapper

Mit schweren Schritten geht er Meil'
Um Meile über Stock und Stein
Und sucht am Strand entlang
Fossilien, Muscheln und Gebein.

Und wenn die Winde heulen
Und's Nacht ist schwarz wie 'n Rappe,
Ja, wenn du da am Fenster lauschst,
Dann hörst du sein Getrappe.

The Brown Willy

Just look at Brown Willy
Now isn't he silly?
He's just caught an eel in the water!
He'll throw it up high
Right into the sky
To be caught in the air by his daughter!

(Those two little things are *flies*, *not* aeroplanes).

Der Braune Willy

Der braune Willy nämlich,
Ist der nicht richtig dämlich?
Grad hat er sich 'nen Aal gefischt!
Hoch wirft er's Gewimmel
Bis in den Himmel,
Damit ihn die Tochter im Flug erwischt!

(Die beiden kleinen Dinger sind *Fliegen*, *nicht* Flieger.)

The Junket

The little Junket spots his food
From almost any altitude,
Volplanés from an awful height
And plunges almost out of sight!

Der Junket

Dies Vöglein entdeckt sein Futter
Von ganz hoch droben schon,
Sturzfliegt aus schrecklichen Höhen,
So schnell, ’s ist kaum zu sehen!

The Gogo (or Camel bird)

Now this is one of the largest birds to be found in all Google Land, and there really is not room enough for his body in the picture.

He eats most every living thing, and especially little young birds that can hardly fly.

He is horribly cruel, and no one (not even the Google itself) wants him to remain in Google Land.

That's why they call him Gogo.

Der Trolldich (oder Kamel-Vogel)

Also das ist einer der größten Vögel, die's gibt im ganzen Google-Land, und für seinen Körper ist wirklich nicht genügend Platz auf dem Bild.

Er frisst fast alles, was lebt, und ganz besonders kleine junge Vögel, die noch kaum fliegen können.

Er ist schrecklich grausam, und niemand (nicht einmal der Google selbst) will, dass er im Google-Land bleibt.

Deshalb nennen sie ihn Trolldich.

The Whatnot

O CHILDREN! look at the Whatnot
Perched in the Mumbledam Tree!
Now did you ever in all your life
See a Whatnot as pretty as he?

Der Dingsbums

O KINDER! Schaut den Dingsbums an,
Wie er da hockt im Mauschelbaum!
Habt jemals ihr, so lang ihr lebt,
So 'nen tollen Dingsbums erspäht?

The Little Horn Back

This funny thing lives in a part of Google Land where there are dreadful Landslips and Avalanches.

When he hears the roar of an approaching Avalanche, he snuggles in under his hard horny back and just waits for trouble. But the falling rocks and stones slide over his back and only make him tickle.

Sometimes he gets completely covered up and remains buried for several weeks, but he always crawls out all right, for no Little Horn Back has ever been hurt by a mere Avalanche!

Der Kleine Hornrücken

Dieses komische Ding lebt in einem Teil von Google-Land, wo es schlimme Erdrutsche und Lawinen gibt.

Wenn er das Donnern einer nahenden Lawine hört, kuschelt er sich unter seine harte, hornige Kehrseite und wartet einfach auf das Unglück. Aber die herabstürzenden Felsen und Steine gleiten über seinen Rücken weg und kitzeln ihn nur.

Manchmal wird er völlig zugedeckt und bleibt wochenlang begraben, aber er krabbelt immer gesund heraus, denn kein Kleiner Hornrücken kam je zu Schaden bloß wegen einer Lawine!

The Ha! Ha!

This big billed bird with the bibulous face
(The sole survivor of his race)
Laughs and laughs and chuckles with glee,
When he thinks of his long lost family.

Der Ha! Ha!

Dieser Großschnabel mit dem Säufergesicht
(Er allein überlebt, kein anderer nicht),
Der lacht sich schief, seine Bosheit ist echt,
Denkt er an sein längst erlosch'nes Geschlecht.

The Swank

The Swank is quick and full of vice,
He tortures beetles also mice.
He bites their legs off and he beats them
Into a pulp, and then he eats them.

Der Großkotz

Großkotz ist schnell und voller Tücke,
Er quält die Käfer, Maus und Mücke.
Beißt ihre Beinchen ab und haut sie
Zu Brei, und dann verschmaust sie.

V. C. V

The little Gadwot

Said Percy the snake to his wife one day
"I know where the Gadwot has started to lay,"
And he bade her "Good-morning" and slid on his way
Singing, "O! what a happy land is Google."

And when he came to the Gadwot's nest,
He thought Mrs. G. would be taking a rest
With three blue eggs underneath her chest,
Singing "O! what a happy land is Google."

And so she was; but Mister G.
Just happened to be there and perceived poor P.
And flew at his throat and pecked out his Ee,
Singing, "O! what a happy land is Google."

Der kleine Weißgott

Sagt Percy die Schlange zu seiner Frau:
»Ich weiß, wo der Weißgott die Eier legt, jau!«
Er wünscht' »Guten Morgen«, schlängelt' sich fort
Und sang: »Wie glücklich ist Google-Land.«

Und als er kam zu Weißgotts Nest,
Meint' er, Frau W., die schliefe dort fest
Mit drei blauen Eiern an sich gepresst,
Und er sang: »Wie glücklich ist Google-Land.«

Das tat sie auch, doch ihr Gatte W.
War auch vor Ort und sah den P.
Er hackt' ihm's Auge aus, o weh,
Und sang: »Wie glücklich ist Google-Land«!

The Tango

The Tango trips upon her toes,
(That's why she's called the Tango)
And if you tease her, off she goes
As quickly as she can go!

Die Tango

Die Tango tritt sich auf die Zeh'n
(Drum eben heißt sie Tango),
Wenn du sie neckst, dann ist's gescheh'n:
Sie schwirrt ab nach Salango!

The Nanny bird

The Nanny bird is prim and stern
Although her nosey-part is red,
And she is most particular
About the children going to bed.

Der Nanny-Vogel

Der Nanny-Vogel ist prüd und streng,
Obwohl sie ein rötliches Näschen hat.
Und sie ist unerbitterlich,
Wenn die Zeit zum Bettgehn naht.

The Great McDoo or Dewar bird

The Great McDoo, aged ninety-nine,
Is rare but *very* cold,
And even in the winter time
Is thirsty so I'm told.

Der Große McDoo oder Dewar-Vogel

Fast hundert Jahre ist er alt,
McDoo ist rar, doch *ziemlich* kalt
Und selbst zur Winterszeit
Recht durstig, so wird mitgeteilt.

The Lesser Nockit

How can one describe this remarkable bird
Which no one has seen and which everyone's heard;
It hammers and knocks on the trees and the rocks,
And batters and raps at the windy,
And rattles old bones and shuffles the stones
And kicks up a terrible shindy
                                        And hullaballoo!
It never stops still and it makes people ill
With its nerve-wracking ear-splitting cry,
Which it utters they say both by night and by day,
And really I cannot think why!
                                        No more can you!

Der Gemeine Klopfer

Wie diesen seltnen Vogel herbeschwören,
Den keiner je gesehn, der dennoch ist zu hören?
Er hämmert und klopft an Baum und Fels,
Und rappelt und pocht ans Fenster so rau!
Lässt klappern alt's Gebein, schlurft über Stock und Stein
Und macht einen Heidenradau
                                        Und Mordsgetös!
Keine Ruh gibt der Specht, 's wird jedermann schlecht
Vom nervenzerreißenden, ohrbetäubenden Schrei,
Den er ausstößt bei Tag und bei Nacht, wie man sagt,
Ich kann nicht erraten, warum, o wei!
                                        Du aber auch nicht!

The Nestor

The Nestor (What! the Cigarette?)
Was dear old Pharaoh's favourite pet,
And in the evenings, as a rule,
They played at Pyramids and Pool.

Die Nestor

Die Nestor (Was! die Zigarette?)
War Pharaos Lieblingstier, ich wette,
Und abends spielt' man in der Regel
'ne Runde Pyramidenkegel.

The Poggle

The Poggle, as you have probably heard,
Is also known as the Pineapple Bird.
By nature he is soft and gently kind
To smaller birds who love his fruity mind.

So tame that he will feed out of your hands.
(He lives exclusively on wasps with yellow bands.)

Der Rappel

Der Rappel, wahrscheinlich ist's dir bekannt,
Wird auch der Ananasvogel genannt.
Er ist von Natur aus weichherzig und lieb
Zu Vöglein, die's zu dem Früchtchen zieht.

Derartig zahm, er frisst dir aus den Fingern
(Lebt nur von Wespen mit so gelben Ringen.)

The Nettle-Rasher

This bird has *not* a pleasant smell,
And very cruel are his habits;
It almost makes me cry to tell
Of all the things he does to rabbits.

He pokes their eyes out with his beak,
And hits them blowses on their noses,
He bites their ears, and when they squeak
Stamps *hard* upon their little toeses.

Der Nesselsuchter

Dieser Vogel riecht *nicht* gut
Und neigt zu übler Grausamkeit;
Es ist zum Heulen, was voll Wut
Den Häschen er zu Leide tut.

Sein Schnabel haut ihnen die Augen aus
Und prügelt ein auf ihre Näslein,
Er beißt sie in die Ohr'n, und halten sie's nicht aus,
Trampelt *fest* er auf ihre Zehlein.

The Shivver-Doodle

To break the ice in wintry climes and dive into the Sea
To get one's food at feeding times, does not appeal to me.
If I liked fish, I would not wish to eat it raw and chew it,
But then you see I am not he, cos' he has *got* to do it.

Der Bibberdödel

Das Eis durchbrechen und ins Meer tauchen zur Winterszeit
Und essen nach dem Futterplan, nein, dazu bin ich nicht bereit.
Denn hätt' ich Appetit auf Fisch, so äß und kaut' ich sie nicht roh;
Weißt du, er *muss*, aber ich nicht. Was bin ich froh!

The Flabbytoes

But mark!! what is that sound I hear?
Someone in agony I fear! –
Oh no!! It is old Flabbytoes,
You can't mistake his funny nose.

Die Schwabbelzehe

Gib Acht!! Was ist das für ein Laut?
Leidet da einer Höllenpein? –
O nein!! Die alte Wabbelzeh wird's sein,
Der's vor der eignen Nase graut.

The Mirabelle

Old sailors have a tale they tell,
How once the song of a Mirabelle
Enticed a ship upon the rocks
Where perished all the crew.
I think it most improbable
That such a bird would cast a spell
Upon a ship, don't you?

Die Mirabelle

Laut alter Seefahrerquelle
Hat einst das Lied der Mirabelle
Ein Schiff auf die Felsen gelockt,
Wo's unterging mit Mann und Maus.
Ich halt's für gelogen ganz grelle,
Dass 'n Vogel 'n Schiff auf die Schnelle
Verhexen kann. Was machst du draus?

The Lemonsqueezer

Have you seen the Lemonsqueezer
Feeding Herbert and Louisa?

Die Zitruspresse

Schau, was die Zitruspresse tut:
Sie füttert Herbert und Klein-Ruth.

Hycokkalorum

O! Hycokkalorum, tell me I pray
Why do you live in the caves all day?
“Because of the slugs,” said the Hycokkalorum,
“I can’t tell you why but I simply adore ’em.”

Großzampano

Großzampano, verrat mir doch,
Warum du liegst in diesem Loch?
»Wegen der Schnecken«, die Antwort erscholl,
»Ich weiß nicht warum, doch ich find sie toll.«

The Night-Witch

The Night-Witch gazing out to sea,
To many would appear to be
A symbol of Eternity.
But no! he merely thinks of the
Vast shoals of fishes there must be
In the sea he cannot see,
Though he seizes
Two or Three
For lunch or tea
Quite frequently.

Der Nachthex

Der Nachthex, wenn er schaut aufs Meer,
Wirkt für viele ziemlich sehr
Wie ein Symbol der Ewigkeit.
Doch nein! Er denkt nur immer
An die Riesenschwärme von Fischen,
Die ihm da draußen entwischen.
Und doch holt oft zum Fünfuhrtee
Oder 'nem andern Schmaus
Aus der Tiefe er heraus
Zwei, drei leck're Heringe.

The Flytrapper

Those little buzzing gnats and flies
Keep hovering round his head,
And long before they realize
Their danger – they are dead!!

Der Fliegenfallensteller

Die summenden Schnaken und Fliegen
Um seinen Kopf schwirr'n herum.
Und bevor sie's richtig mitkriegen,
Ist's vorbei mit ihrem Gebrumm!!

The Soft-nosed Wollop

The Soft-nosed Wollop lives on ice,
(In summer, Halibuts and Soles)
And when it's slippery he turns
Upon his back and rolls.

Der Weichnasige Wollop

Der weichnasige Wollop lebt von Eis
(Im Sommer Heilbutt und Scholle),
Und wenn's rutschig ist, dreht er sich
Auf den Rücken und macht 'ne Rolle.

The Moon bird

These birds frequent the rolling plains,
(The eggs are puce with purple stains)
They live in herds
These curious birds,
And feed on rubbish and remains.

Der Mondvogel

Sie halten sich gern in der Steppe auf
(Die Eier braun mit lila Flecken drauf),
Sie leben in Grüppchen
Und kochen ihr Süppchen,
Futtern Abfall und Reste zuhauf.

The Sun bird

That great head, at any rate for me, has
Positively no attraction,
And its general appearance gives one
Very little satisfaction.
Yet what perspicacity we find there
Hidden in his ugly brain-pan.
Keen wits a lunatic may have too,
Just the same as any sane man.

(I can't understand a word of this, can you Mother?)

Der Sonnenvogel

Dies große Haupt hat, für mich jedenfalls,
Absolut keine Anziehungskraft.
Und seine gesamte Erscheinung verschafft
Sehr wenig Pläsir.
Doch welch ein Intellekt steckt dort,
In seines Schädels hässlicher Schale.
Scharfsinnig kann auch ein Psychopath sein,
Genauso wie jeder Normale.

(Ich versteh hier kein Wort, du vielleicht, Mama?)

The Google's Garden

(Looking West.)

Which view d'you think the prettiest?

Des Googles Garten

(Blick gen Westen.)

Welche Ansicht gefällt dir am besten?

V.C.V.

?

The sun is setting –
Can’t you hear
A *something* in the distance
Howl!!?
I wonder if it’s –
Yes!! it *is*
That horrid Google
On the prowl!!!

?

Die Sonne sinkt –
Hörst du denn nicht
Von fern ein *Etwas* heulen!!!?
’s ist kein Trug.
Ich frag mich, ist’s –
Ja!! Sicher *ist’s*
Der grässliche Google
Auf Beutezug!!!

F-I-N-I-S

Vincent Cartwright Vickers, ca. 1910 (wikimedia.org)

Nachwort

Warning! Curse not the writer of this drivel Verse.
Nor blame your Mother, or your Nurse,
Who bids you turn the pages of this Book!
My Child!
For if, my dear, you somewhat fear
What will appear is rather queer, or else austere –
Don't look! My Child!
(Vickers' Widmung für ein Familienmitglied)

Vincent Cartwright Vickers, der Schöpfer der seltenen Vögel und Gedichte des *Google Book*, war in mancher Hinsicht selbst ein solcher *rara avis*. Geboren am 16. Januar 1879 in London, wuchs er als Sohn des ehrgeizigen Inhabers des Maschinenbau- und Rüstungskonzerns Vickers Limited in privilegierten Verhältnissen auf. Nach dem Besuch der Eliteschule in Eton studierte er am Magdalen College in Oxford und zeichnete sich rasch als Wirtschaftsfachmann aus. Innerhalb kurzer Zeit erlangte er prestigeträchtige und verantwortungsvolle Positionen. So wurde er *Deputy Lieutenant der City of London*, einer der Direktoren des elterlichen Konzerns und der London Assurance, einer Versicherungsgesellschaft. Bereits im Alter von 31 Jahren wurde er schließlich zu einem der Direktoren der Bank von England ernannt. 1919 schied er aus dieser Position aus – wohl nicht nur aus gesundheitlichen Gründen – und widmete sich von da an mit großem Engagement geldwirtschaftlichen Reformbestrebungen. Unter anderem wurde er Präsident des *Economic Reform Club and Institute.* 1936 verfasste er das Pamphlet *Finance in the Melting Pot. Reform Or Revolution? The Petition to His Majesty the King.*

Seine letzten Lebensmonate verbrachte Vickers im Herbst 1939 in Ruthin Castle in Wales, das von 1923 bis 1950 ein Privatkrankenhaus für die Untersuchung und Behandlung obskurer Krankheiten war. Bis in die letzten Tage vor seinem Tod am 3. November 1939[1] noch arbeitete er, obwohl er lebensbedrohlich erkrankt war, an einer fundierten Kritik der herrschenden Geldpolitik mit dem Titel *Economic Tribulation*, die seine älteste Tochter 1941 postum veröffentlichte. Diese freimütige Abrechnung eines Insiders mit dem Versagen einer Geldindustrie, deren eigennützige Experten aus dem Ersten Weltkrieg nichts gelernt hatten und die ohne moralische Richtschnur und Verantwortung für das Allgemeinwohl den Nährboden für einen zweiten bereiteten, fand weite Beachtung.

Die Hochfinanz war aber nur ein Teil seiner Welt. Vickers war vielseitig begabt und ebenso naturwissenschaftlich wie künstlerisch interessiert und fasziniert. So war er Mitglied der *Royal*

1 Vickers wurde auf dem Friedhof der kleinen Gemeinde Daviot in den schottischen Highlands begraben, wo die Familie den Meallmore Estate besaß. Es blieb ihm erspart, vom Tod seines einzigen Sohnes Albert Anthony zu erfahren, der als Pilot der Royal Airforce 13 Tage nach ihm ums Leben kam.

Zoological Society und ein kenntnisreicher Amateurornithologe, der Vogelrufe präzise nachzuahmen verstand. Seine künstlerische Begabung machte sich früh bemerkbar, aber anders als der nicht minder skurrile Humorist Edward Lear,[2] der sich zunächst einen Namen als ornithologischer Zeichner exotischer Vögel gemacht hatte, gelang es Vickers als Vogelillustrator nicht, seine Phantasie im Zaum zu halten:

> Mein Sinn für Humor hat immer die Oberhand behalten. Wenn ich mich noch so ernsthaft an die Arbeit machte, so entwickelten meine Bilder doch einen Zug ins Komische. Als ich beispielsweise meinen Vater über Aktien und Wertpapiere sprechen hörte, bemerkte ich, dass ich einen Vogel zeichnete, dessen gerundete Krallen auf eine Eisenbahnschiene passten und dem ich den Namen Afrikanischer Eisenbahnvogel gab.[3]

Die farbintensiven Bilder der Google-Vögel entstanden, während er sich von einer schweren Krankheit erholte. Ihr erstes Publikum waren seine Kinder, die, wie Generationen nach ihnen, instinktiv den seelenverwandten Humor und mutwillig-makabren Einfallsreichtum dieses Kindes im Manne spürten. Seine Vogelporträts sind mit einer ungewöhnlichen Technik gemalt, die erstaunliche Farbeffekte bewirkt. Er malte im Sitzen oder Liegen, umgeben von dreißig bis vierzig wasserfesten Tuschfarben, wie sie für die Originale von Landkarten verwendet werden. Ohne einen vorgefassten Plan oder eine Kompositionsskizze machte er sich mit der Feder an die Arbeit, begann etwa mit einem Auge und ließ das Bild sich selbst spontan entwickeln. Die extrem nuancierten Farbschattierungen entstanden durch Verdünnung der Tusche beziehungsweise vielfach wiederholten Auftrag nach dem Trocknen einer Farbe. Seine Maltechnik, die keine Korrekturen erlaubte, erforderte eine äußerste Sorgfalt und Konzentration, die der malende Dilettant, wie er spöttisch bemerkte, aus seinem Berufsleben nicht kannte.

Nichts amüsierte ihn mehr als die Beschäftigung von Kunstkritikern mit seinen Bildern. Einem enthusiastischen Verwandten war es 1926 gelungen, Gieves Art Gallery in Bond Street und die Royal Academy zu überzeugen, – in Vickers' Worten – »einige meiner idiotischsten Schöpfungen« auszustellen.

Zu diesem Zeitpunkt war die Welt des grässlichen Google bereits etabliert, denn eine Auswahl der Bilder in einer Auflage von 100 Exem-

2 Vielleicht ist Vickers' einziges Limerick im *Google Book*, »The Moonbird«, als Hommage an Edward Lear gedacht.

3 »Googles. Some Idiosyncratic Birds and Beasts. An Interview with V.C. Vickers«, in: *Strand Magazine*, December 1926, S. 588–591. Vickers' Wortspiel ist im Englischen subtiler, da *railbird* auch der Name einer Vogelart, der Ralle, ist.

Die erste, in nur 100 Exemplaren erschienene Auflage des *Google Book*, 1913

Die zweite Auflage des *Google Book* von 1931

plaren war 1913 bei J. & E. Bumpus in London unter dem Titel *The Google Book* als großformatiges Buch für Familie und Freunde gedruckt worden. Erst auf Wunsch des Verlegers soll Vickers aber die sie begleitenden Gedichte und ein Vorwort verfasst haben. Wobei es naheliegt zu vermuten, dass er die Bilder für seine Kinder schon früher improvisiert reimend kommentiert hatte.

Nach den Ausstellungen von 1926 wurde eine geringfügig veränderte Auswahl einem größeren Publikum zugänglich gemacht. Als Oxford University Press 1979 das *Google Book* erneut publizierte, wurde die Anzahl der Gedichte und Bilder noch einmal reduziert, so dass diese weitverbreitete Ausgabe nur zwei Drittel der ursprünglichen Bilder und Texte aufweist. Erst 2019 machte der kleine Verlag Ecen Books die ursprüngliche Zusammenstellung von 1913 wieder zugänglich. Einige Bilder, die Vickers nicht ins *Google Book* aufnahm, geben wir im Anschluss an das Nachwort wieder.

Die irreführenden Assoziationen, die der Titel *Google Book* bei heutigen Lesern auslöst, sind erst neueren Datums. Als Vickers den Namen »Google« ersann, gab es nur zwei Wörter im Englischen, die Pate gestanden haben konnten. Seit Mitte des 19. Jahrhunderts wurden, wohl in Anlehnung an *gurgling,* die gurgelnden, glucksenden Laute eines Babys als *googling* bezeichnet. Zu Beginn des 20. Jahrhunderts dann wurde das Verb *google* verwendet, um im Kricketspiel den Effekt zu beschreiben, mit dem der Werfer den Ball in eine schwer zu berechnende schlingernde Drehbewegung versetzen konnte. So waren es vermutlich Gurgellaute und die schlängelnde Bewegung, welche die Namensgebung seines amphibischen Fantasiegeschöpfs beeinflusst haben dürften. Erst 1998 jedenfalls erhielt die Internet-Suchmaschine ihren nur zufällig gleichlautenden Namen, der eigentlich auf den mathematischen Begriff »Googol« für die Zahl 10^{100} zurückgeht. Aber als Larry Page mit Marissa Mayer 2002 zu testen begann, wie schnell Bücher eingescannt werden konnten, war Vickers' *Google Book* der erste Testfall.[4]

Die Gedichte des *Google Book* sind eigenständige Schöpfungen in der Tradition der englischen Nonsense-Lyrik von Edward Lear und Lewis Carroll, die sich häufig der Projektion menschlicher Verhaltensweisen und Wertvorstellungen auf eine befremdliche Tierwelt bedient. Was T. S. Eliot über Lears Gedichte sagt: »Nonsense ist nicht Sinnleere, sondern Sinnparodie«,[5] gilt auch für Vickers; wobei seine scheinbar mutwillig erfundenen Kreaturen ihren Ursprung vielfach in der nicht minder skurrilen realen Vogelwelt haben. So dürfte die Inspiration für seinen Zitruspresse-Vogel in William Beebes *The Bird, Its Form and Function* (1906) zu finden sein: »Der Schnabel des indischen Shell-Ibis lässt sich mit einer gewöhnlichen Zitruspresse vergleichen, da er eine Höhlung hat, in der die Zitronenhälfte liegt, bevor sie zerdrückt wird.«[6] Andere Beispiele sind sein Trolldich oder Kamelvogel, der auf das englische Wort *camel-bird* zurückgeht, eine Lehnübersetzung des arabischen Worts für den Vogel Strauß, oder der *Lesser Knockit*, der von dem *lesser spotted woodpecker*, einem in Europa weitverbreiteten Specht, inspiriert sein dürfte.

Vickers' Wortspiele und schräge Reime sind nicht auf den kindlichen Horizont beschränkt. So verwendet er in dem Gedicht »The Junket«

4 Siehe Steven Levy, *In the Plex. How Google Thinks, Works, and Shapes Our Lives*, New York 2011, S. 348.

5 »non-sense is not vacuity of sense: it is a parody of sense«, in: T. S. Eliot, *Selected Prose*, hrsg. John Hayward, Harmondsworth 1953 (»The Music of Poetry«, S. 56–67).

6 »The bill of the Shell Ibis of India may be likened to an ordinary lemon-squeezer, having a cavity in which the half-lemon rests before it is compressed«, S. 240.

den brandneuen Begriff *volplane* (Sturzflug) aus den Anfängen der Fliegerei, in anderen spielt er auf die Zigarettenmarke Nestor oder Dewar's Whiskey an. Die Vermutung eines Rezensenten, es könnte sich bei den Google-Vögeln um (gelegentlich böse) Karikaturen von Freunden oder Kollegen des Autors handeln, ist nicht ganz von der Hand zu weisen. Vickers hatte zeitlebens eine lausbübische Freude an Schabernack und Streichen. Noch in den Dreißigerjahren malte er auf das Heck seiner Humber Snipe-Limousine einen Vogel – *snipe* ist schließlich das englische Wort für die Schnepfe.

Literatur

Andrew Brain / Gareth Monger, »Vincent Cartwright Vickers. The Man who Gave us the Google«, in: V. C. Vickers, *The Google Book*, St. Anne's-on-the-Sea 2019.

James Campbell, »Foreword«, in: V. C. Vickers, *The Google Book*, St. Anne's-on-the-Sea 2019.

Edward A. Dawson, »Foreword«, in: V. C. Vickers, *The Google Book*, Oxford 1979.

»Googles. Some Idiosyncratic Birds and Beasts. An Interview with V. C. Vickers«, in: *Strand Magazine*, December 1926, S. 588–591.

Vincent C. Vickers, *Economic Tribulation*, London 1941.

Diese Ausgabe folgt der Erstausgabe des *Google Book* von 1913 (siehe dazu das Nachwort).
Die Scans für die Reproduktion der Abbildungen wurden von der John Rylands Library, Manchester, zur Verfügung gestellt.

2020 Philipp Reclam jun. Verlag GmbH,
Siemensstraße 32, 71254 Ditzingen
Druck und buchbinderische Verarbeitung:
Friedrich Pustet GmbH & Co. KG, Gutenbergstraße 8, 93051 Regensburg
Printed in Germany 2020
RECLAM ist eine eingetragene Marke
der Philipp Reclam jun. GmbH & Co. KG, Stuttgart
ISBN 978-3-15-011279-3
www.reclam.de

FSC
www.fsc.org
MIX
Papier aus verantwortungsvollen Quellen
FSC® C014889